AF463594

on reconnaît la présence de l'accent rythmique dans le vers, on ne comprend pas pourquoi dans certains cas il se montre si scrupuleux observateur des lois de l'accent tonique et pourquoi dans d'autres il les ignore. Mais ce qui achève de nous ôter toute confiance dans son système, c'est l'étrange façon dont il considère la langue de la séquence française. Selon lui, le poète ajoute ou retranche des syllabes à son gré, soit par syncope, soit par épenthèse, soit par diérèse, procédés qui, s'ils étaient réels, feraient de la séquence d'*Eulalie* un véritable monstre de l'ancienne poésie française. Comme exemple, la traduction du v. 10 a (*Hinein ins Feuer warfen sie sie als es in Glut brennt*) et son commentaire suffisent à prouver que sur la question de langue la fantaisie de M. E. ne connaît pas d'obstacle. Il est trop évident que l'auteur ignore tout de la philologie romane, principes, matériaux, méthodes. Il s'en est tenu à l'excellent commentaire de M. Koschwitz, et faute d'une préparation suffisante, il ne l'a pas toujours compris. On s'explique dès lors qu'il ait pu découvrir tant de choses dans le manuscrit de Valenciennes, entre autres toute une série de signes graphiques destinés à noter les moindres détails du rythme (durée des syllabes dans chaque groupe rythmique et déclamation). Un coup d'œil jeté sur des manuscrits contemporains rédigés en prose l'aurait averti que les scribes de cette époque ne mettaient pas un très grand soin à régler les intervalles séparant les mots ou les syllabes. Il aurait été rendu méfiant sur le rôle de syllabes soi-disant « altérées » dans la notation musicale du IXe siècle : il aurait fait la part des graphies savantes et se serait un peu moins étonné de rencontrer des formes comme *corps*, *bellezour*, *manatce*, etc. Faute d'avoir acquis un peu de cette expérience, M. E. a consacré beaucoup de temps et d'efforts à un travail dans lequel le rôle de l'esprit est bien plus considérable que celui de la science. Nous n'en retenons qu'une critique judicieuse de la césure fixe admise par M. Suchier dans la séquence latine et quelques fines remarques sur le dessein strophique des deux pièces. Quant à l'admiration sans borne que M. E. professe pour le poète français, il est bien difficile de la partager, tout en reconnaissant que ce coup d'essai du IXe siècle témoigne de quelque adresse. Mais il n'y aurait pas là de quoi retenir longtemps l'attention des philologues : avec un peu moins d'enthousiasme que M. E., mais avec une curiosité plus prudente et mieux renseignée, ceux-ci continueront à étudier la séquence de *Sainte Eulalie*, non parce qu'elle est un chef-d'œuvre de notre littérature, mais parce qu'elle représente un état ancien de la langue et peut-être aussi de la versification française.

Al. FRANÇOIS.

La Tapisserie de Bayeux. — Étude archéologique et critique par A. MARIGNAN, Paris, E. Leroux, 1902, in-16, XXVI-195 p. (*Petite bibliothèque d'art et d'archéologie*, XXVI).

Si la *Romania* rend compte de l'ouvrage dont on vient de lire le titre, et qui semble, au premier abord, être en dehors de son cadre, c'est surtout

(20)

parce qu'il contient en appendice une *Dissertation sur la date de la Chanson de Roland*; mais nous en aurions dit un mot de toutes façons, car il y a entre les deux monuments, l'un artistique, l'autre poétique, dont s'occupe l'auteur un lien étroit qui fait qu'on les a souvent expliqués l'un par l'autre, et qui a précisément amené M. Marignan à écrire l'appendice en question. Ayant essayé de démontrer que la tenture[1] de Bayeux est beaucoup moins ancienne qu'on ne le croit d'habitude, il a remarqué que le poème, au point de vue du costume, pourrait servir à combattre son système : « Les archéologues traditionnalistes pourraient objecter que les armures, la manière de tenir l'écu attaché autour du cou par une courroie, voire même la cotte de mailles, se retrouvent aussi dans la Chanson de Roland. Il leur serait facile de dire que ce poème, ayant été daté par M. G. Paris de 1080 environ, peut servir de base à la datation de la tapisserie. Et invoquant ces deux monuments, ils les expliqueraient l'un par l'autre... J'ai donc cru devoir étudier le seul document littéraire qu'on attribue au XIe siècle[2], le soumettre à un nouvel examen (p. 133-4). »

L'accord frappant qui existe entre la tenture et la chanson au point de vue du costume et de l'armement n'est pas contesté par M. Marignan, puisque c'est à cause de cet accord qu'il a étudié la chanson, mais ne laisse pas que d'être assez embarrassant pour lui. Il s'efforce, en effet, de prouver que la tenture ne peut avoir été exécutée avant 1175, et dès lors il voudrait bien faire descendre la chanson jusque-là : ni la langue, ni le style, ni le costume (au contraire) ne l'arrêteraient; mais il sait qu'il est impossible de contester que la double traduction, latine d'abord, puis allemande, de Conrad est d'environ 1133, et dès lors il se résigne, à contre-cœur, à placer vers 1125 l'original français[3]. Cela fait entre les deux monuments un intervalle d'une

---

1. On sait que cette pièce est non une tapisserie, mais une bande de toile brodée en laines de diverses couleurs: je l'appellerai « tenture »; en ancien français on disait « courtine ».

2. L'auteur, ici comme souvent ailleurs, écrit trop vite et sans réflexion. Il oublie le *Saint Alexis*, et ce qui est plus singulier, le *Pèlerinage de Charlemagne*, qu'il semble cependant lui-même (p. 155) regarder avec moi comme antérieur à notre rédaction du *Roland*.

3. « Ainsi donc, à l'aide de toutes ces recherches, j'arrive à cette conclusion que la *Chanson de Roland* est sûrement postérieure à la première croisade, et à cause même de sa traduction latine *et pour cela seul*, je crois qu'on peut placer sa naissance entre 1110-1140. Je choisirai donc la date de 1125-1127, puisque Conrad l'a traduite aussitôt qu'elle fut connue en Allemagne (1130-1140). C'est ce que nous expliquent le costume de guerre décrit par le jongleur, les belles armes vantées par lui, les ornements individuels peints sur les boucliers, enfin les *connaissances* brodées sur les gonfanons (p. 181). » J'ai cité ce morceau, qui est la conclusion de la dissertation sur notre poème, pour faire voir ce qu'il y a de hâtif et de confus dans la façon d'écrire et de raisonner de l'auteur : que veulent dire, dans les premiers membres de phrase, « même » et « donc », et sur quoi s'appuie le « puisque » qui vient ensuite ? Faut-il, à la fin, lire « ce que nous attestent » ou « ce qui nous explique » ? Des passages de ce genre ne sont pas rares dans l'ouvrage (quoique la confusion y soit rarement poussée aussi loin), et ils ne contribuent pas à en rendre la lecture facile et agréable.

cinquantaine d'années : M. M. a certainement senti lui-même que c'était trop.

Mais s'il ne pouvait rajeunir la chanson, il ne pouvait non plus vieillir la tenture, arrêté qu'il était par un obstacle plus fort encore à ses yeux que la date du poème de Conrad, d'autant plus fort qu'il l'avait élevé de ses propres mains. Il termine ainsi (p. 131) son étude sur la tenture : « L'idée directrice de tous les développements qui précèdent, c'est que l'auteur a suivi Wace pas à pas, qu'il ne s'est pas préoccupé, cela va sans dire, des sources où ce poète avait puisé. C'est un point qui nous paraît désormais acquis. La tapisserie de Bayeux n'aurait pu exister, de cette manière, sans la publication du *Roman de Rou*. Tout ce que le poète a chanté, notre artiste l'a dessiné sur la toile, sauf l'expédition en Bretagne. C'est donc le point capital de ce travail, c'est la base et la raison même de la longue et minutieuse démonstration que j'ai tentée. »

Malgré ce qu'il y a dès le premier coup d'œil d'invraisemblable à croire que la tenture de Bayeux est de la fin du XIIe siècle, il est clair qu'il faudrait se soumettre à l'évidence si M. M. avait réellement démontré sa thèse. Or cette thèse, — dans la partie qui en forme la base et, d'après lui-même, le seul support inattaquable, — c'est une thèse d'histoire littéraire, de critique des sources, et non d'archéologie : dès lors elle rentre dans notre domaine, et nous pouvons la juger. Eh bien ! je n'hésite pas à dire que non seulement elle n'est pas prouvée, mais qu'elle n'est même pas vraisemblable, plus encore, qu'elle est absolument insoutenable. M. Marignan raisonne d'une façon singulière : quand il trouve sur la tenture des noms ou des détails inconnus aux historiens de la conquête de l'Angleterre, il en conclut qu'elle est forcément postérieure à ces historiens, chez lesquels la « légende » n'était pas encore arrivée au point où la présente la tenture ; or, en fait, ces noms et ces détails n'ont rien de légendaire et indiquent tout simplement que la personne qui a donné le plan de la tapisserie a eu des renseignements particuliers. La question est, en effet, non pas de savoir à quelle source a puisé l'auteur de ce plan, mais de savoir s'il est lui-même une source indépendante. Or c'est là ce qu'il y a de plus probable. La tenture contient, on le sait, des noms, comme *Turold*, *Wadard*, *Vital* et l'énigmatique *Aelfgyva*, qui ne se retrouvent dans aucun texte historique ; elle est seule à exposer avec détail une expédition de Guillaume, accompagné de Harold, en Bretagne, dont Guillaume de Poitiers et Wace ne disent que quelques mots ; en revanche elle omet plusieurs épisodes, dont quelques-uns fort intéressants, qui se trouvent chez les historiens. Elle a toutes les apparences d'être un témoignage indépendant, provenant de quelqu'un qui connaissait les faits en partie par lui-même, en partie par des récits. Et la nature même des détails qui lui sont propres, surtout la mention de quelques personnages inconnus de nous, mais qui devaient être parfaitement connus de ceux par qui l'ouvrage a été commandé ou pour qui il a été fait, indique bien qu'elle est un *mémorial* qu'on a voulu posséder d'événements tout récents, dont on tenait à garder le souvenir figuré. *A priori*, elle a tout l'air d'un document contemporain des événements, ou de bien peu postérieur[1]. Un siècle après la conquête, on ne comprendrait plus quel intérêt auraient pu avoir des renseignements de cette nature, ni où on aurait pu les puiser : la légende n'y est certainement pour rien, et ils ne sont pas de ceux que crée l'imagination.

Toutefois ce raisonnement, comme tous les raisonnements fondés sur la vraisemblance, tomberait naturellement si la thèse de M. Marignan était démontrée, c'est-à-dire si la tenture suivait réellement le texte de Wace. Mais il s'en faut qu'il en soit ainsi. M. M. a pris la peine méritoire de mettre en regard sur deux colonnes le résumé du récit de Wace et les légendes de la tenture, en y joignant une troisième colonne d'observations. Ce tableau, qui doit établir sa thèse, suffit à la détruire. Nous remarquons en effet dans la tenture l'absence de nombreuses scènes qui se trouvent dans Wace et qui étaient précisément de celles qui se prêtaient le mieux à une représentation figurée : par exemple l'intervention du pêcheur qui reconnaît Harold en Pontieu, la fameuse histoire de la cuve aux reliques, le conseil tenu par Guillaume quand il apprend le couronnement de Harold, conseil qui tient tant de place chez le poète normand[2], la chute que fait Guillaume en touchant le sol anglais, la destruction, ordonnée par lui, de ses navires, presque tous les épisodes de la bataille. En revanche, et cela est plus significatif encore, la tenture nomme, on l'a déjà vu, plusieurs personnages inconnus à Wace (et à toutes les autres sources); elle consacre plusieurs tableaux à la guerre de Bretagne, que Wace mentionne à peine; elle fait couronner Harold (d'accord avec les autres chroniqueurs français) par l'archevêque Stigand; elle montre, comme Guillaume de Poitiers[3], Guillaume, dans le combat, enlevant son heaume pour se montrer aux siens; elle représente à ce moment aux côtés de Guillaume le comte Eustace de Boulogne, dont Wace ne fait pas mention[4]; elle fait mourir, à Hastings, les deux frères de Harold dans la

---

1. L'évidente ressemblance que présente notre tenture avec celle qui ornait la chambre d'Ale de Blois, fille de Guillaume, et qu'a décrite Baudri de Bourgueil (voy. L. Delisle, *Rom.*, I, 41-42) incline naturellement à lui attribuer une origine semblable, à la regarder comme exécutée dans la famille du conquérant. D'autre part, il ne me semble pas que les arguments d'E. du Méril en faveur d'une provenance anglo-saxonne soient tous sans valeur (la présence de la lettre Ð, la forme tout anglaise *Aelfgyva*, notamment, ont une grande force), et je suis porté à trouver, avec du Méril, dans la tenture une tendance à présenter le rôle de Harold sous le jour le moins défavorable possible plutôt qu'à le mettre dans un jour odieux, comme le veulent les derniers commentateurs.

2. Il est inexact de dire avec M. M. (p. 17-18) que ce conseil est représenté sur la tenture (pl. XXXVI de l'éd. J. Comte) : on y voit simplement Guillaume, avec lequel est son frère Odon et un autre personnage, écoutant le messager qui apporte la réponse de Harold à la sommation de Guillaume de lui céder l'Angleterre.

3. M. M. veut que l'artiste ait ici suivi Benoit, qui traduit Guillaume de Poitiers. Ce trait se retrouve d'ailleurs dans la tapisserie d'Ale de Blois : voy. les vers de Baudri cités par M. M. lui-même, p. XVIII.

4. Sur l'attitude d'Eustace en cette occurrence les historiens diffèrent; M. M. veut

mêlée, tandis que Wace ne parle que de l'un d'eux, le fait renverser par Guillaume, et ne sait pas s'il mourut du coup; etc. Dans ces conditions, peut-on vraiment dire que la tenture suit Wace pas à pas[1]? Elle n'a de commun avec lui, outre les faits capitaux qui ne pouvaient manquer, — la venue de Harold en France, sa capture par le comte de Pontieu et sa remise à Guillaume, son séjour en Normandie et sa participation à l'expédition de Bretagne, son serment, son retour en Angleterre, la mort d'Édouard, le couronnement de Harold, la nouvelle qu'en reçoit Guillaume, l'apparition de la comète, la construction de la flotte, le débarquement à Pevensey[2], la bataille de Hastings et la mort de Harold, — que trois noms de lieux : *Bosham* (Wace *Bosaham*) comme lieu d'embarquement de Harold, *Belrem* (Wace *Belraim*) comme nom du château où le comte de Pontieu envoie Harold, Bayeux comme scène du serment de Harold : or Bosham se retrouve chez Guillaume de Malmesbury et est exact[3]; Belraim, selon toutes probabilités, est également exact, et il faut noter dans ces deux cas que l'ordonnateur de la tenture, quel qu'il soit, est particulièrement bien informé de tout ce qui concerne Harold. Quant au lieu où fut prêté le fameux serment, les témoignages varient entre Bonneville (le plus probable), Rouen, Bur-le-Roi et Bayeux : cette dernière localité n'est en effet que dans la *Geste as Normanz* et dans la tenture ; mais la coïncidence peut être fortuite : Wace, qui était chanoine à Bayeux, a recueilli une tradition locale (*ço solent dire*, écrit-il, v. 5705), et l'auteur de la tenture aura été sur ce point inexactement renseigné. L'accord pour Beaurain est assurément plus remarquable; mais suffit-il à établir un lien entre deux documents qui offrent tant de différences? et si on le croit, qui empêche d'admettre qu'au temps de Wace la tenture était déjà à Bayeux, et qu'il lui a emprunté le nom de *Belraim* (et peut-être celui de *Bosham*)?[5]

M. Marignan reconnaît lui-même que la démonstration archéologique qu'il tente ensuite pour confirmer sa démonstration critique de la date 1175-80 pour la tenture n'a pas de force probante, et je m'y arrêterai d'autant moins que la compétence me ferait souvent défaut pour la discuter. Je ferai seulement remarquer que le procédé de l'auteur est très contestable : il établit que

---

que la version favorable au comte de Boulogne soit propre à ceux de la seconde moitié du XIIe siècle; mais c'est une assertion contestable.

1. M. M. remarque à plusieurs reprises que les scènes sont dans le même ordre des deux parts ; mais c'est la suite des événements qui le veut.

2. Et non *Petvenesel* comme dans R. de Torigni, Wace et Benoit.

3. Harold possédait là un château : voy. la note de M. Andresen sur le v. 5636 de Wace.

4. C'était la tradition courante au temps de Garnier de Pont-Sainte-Maxence (voy. *Vie de saint Thomas*, éd. Hippeau, p. 177).

5. Comme coïncidence de faits entre Wace et la tenture, M. M. n'en signale réellement qu'une : Édouard moribond, dans les deux documents, se met sur son séant, dans son lit, pour parler à ses hommes : « Ces scènes (*sic*) sont d'une importance capitale, car

les costumes, les armures, les usages [1] représentés sur la tenture sont attestés au XIIe siècle; mais il ne prouve nullement qu'ils n'existassent pas au XIe [2]. Toutefois cette partie de son travail me paraît offrir un réel intérêt. Il y présente beaucoup de remarques dignes d'attention, et j'espère que sa critique excitera les archéologues à s'efforcer, comme il le leur demande à bon droit, d'apporter un peu plus de précision dans le classement et la datation des monuments figurés des XIe-XIIe siècles. Mais, je l'ai déjà dit, il n'y a pas besoin d'être archéologue pour répugner absolument à l'idée de voir dans la tenture de Bayeux un document de la fin du XIIe siècle, et l'auteur lui-même aurait certainement préféré la dater de 1125 environ, — ce qui aurait eu l'avantage de cadrer avec la date qu'il assigne au *Roland*, — s'il n'avait été captif de sa prétendue démonstration relative à Wace. Je me permettrai d'ajouter une remarque philologique qui confirme pleinement l'opinion traditionnelle sur l'antiquité de la tenture : la dentale médiale y est constamment conservée dans les noms propres (*Wido*, *Wadard* [3], et surtout *Rednes*, forme d'une évidente ancienneté); je note encore *Rotbert*, qui n'a pas moins d'importance. Que ces formes aient été employées à la fin du XIIe siècle, c'est ce qui est tout à fait invraisemblable [4].

J'arrive maintenant à la partie du livre de M. Marignan qui nous intéresse plus directement, la *Dissertation sur la date de la Chanson de Roland* (p. 134-182). Après avoir rappelé l'opinion jadis émise par M. H. Suchier et que j'ai essayé de réfuter [5], d'après laquelle la rédaction de la *Chanson* d'où dérivent

---

elle sont dues à l'imagination du poète (p. 15). » On avouera qu'un tel trait se présentait bien naturellement à l'imagination de l'artiste. D'ailleurs on ne voit autour du lit du roi, dans la tenture, que deux personnages, avec la reine, et on ne sait même pas si Harold est l'un d'eux.

1. Il ne parle pas de l'architecture, où cependant tous les archéologues s'accordent à reconnaître les caractères du XIe siècle.

2. Une seule remarque m'a frappé, d'autant qu'elle intéresse directement la *Chanson de Roland*, où le *nasel* est deux fois nommé : le plus ancien exemple de heaume muni de nasal serait de 1115. Mais est-on fondé à considérer la première apparition d'une forme d'armure sur un sceau comme donnant la date de son invention ? Et d'autre part les deux sceaux qui présentent ce heaume et que Douët d'Arcq datait du XIe siècle (l'un d'eux de 1040 à 1050) doivent-ils être rajeunis comme le dit l'auteur ? S'il n'a d'autre preuve que la présence du nasal, c'est un cercle vicieux.

3. Je ne compte pas *Vital*, qui est une forme latine, ni *Odo*, qui répond à *Oddo*.

4. Notez en passant que les noms que la tenture a en commun avec Wace se présentent sous une forme différente, ce qui rend peu probable l'emploi du second par la première : Wace a *Heraut*, *Guion*, *Robert*, *Ewart*, *Guert*, *Bosaban*, *Pevenesel*, *Hastingues*, la tenture *Harold*, *Wido*, *Rotbert*, *Edward* ou *Eadward*, *Gyrđ*, *Bosbam*, *Pevenesae*, *Hestinga* ou *Hestenga*.

5. *Rom.*, XI, 400-409. M. Suchier s'appuyait sur l'acc. *dous* employé comme sujet (v. 1440), sur le subj. *mercie* (v. 119) et sur la mention de Botentrot (v. 3320). Je crois avoir écarté les deux premiers arguments; quant au troisième, M. M. reconnaît lui-même (p. 136) qu'il n'est pas probant. Il paraît (voy. la note de la p. 135-136) que M. Suchier a conservé son opinion. Il n'a cependant ni répondu à mes objections, ni apporté de nouvelles raisons.

toutes nos versions serait du commencement du XIIe siècle, il essaie de la soutenir par des raisons à lui. Il commence par des considérations générales (p. 138 ss.) : « Pour se rendre compte de l'esprit d'une œuvre, il faut l'avoir placée dans le temps, connaître tout ce qui a été écrit avant, et ce qui a été dit après. On peut alors voir si elle reflète l'esprit, les idées de la période dans laquelle on croit qu'elle est née. C'est ce que j'ai fait ; aussi puis-je affirmer que la Chanson de Roland a été composée *après la première croisade*. Après la lecture de tous les auteurs latins, des deux périodes, il n'y a aucun doute à mes yeux. Et je dirai même plus, sans la première croisade, *la Chanson de Roland n'existerait pas sous la forme actuelle*. La fierté qui y domine, l'orgueil franc qui s'étale à chaque instant, cette reconnaissance de la valeur des musulmans, comme aussi la constatation des pertes subies par les Francs dans la mêlée souvent indécise (?), tout en un mot se retrouve dans les premiers écrivains de la croisade. » Et l'auteur donne en note, sur l'orgueil des Français et leur réputation de vaillance, des citations de Baudri de Bourgueil et autres. Mais ces citations montrent précisément quel était l'état des esprits *au moment de la croisade*, c'est-à-dire au moment où la *Chanson de Roland*, d'après moi, a revêtu sa forme conservée. Et ne trouve-t-on pas cette confiance des Français en eux-mêmes dans le *Pèlerinage de Charlemagne*, dont on ne conteste plus l'antériorité à la croisade ? — « Qu'on se représente le monde occidental si divisé, si provincial, si je puis dire, livré à des guerres entre peuples peu éloignés, et tout à coup, toutes ces principautés réunies, en contact entre elles, sous les mêmes bannières et combattant côte à côte [1]. » Mais la *Chanson de Roland* reflète l'état de l'Occident au temps de Charlemagne, quand tous les peuples de l'Occident étaient réellement réunis sous la domination des Francs, dont les Français étaient venus à se considérer comme les héritiers. En fait, il faut retourner la conclusion de M. M. : la *Chanson de Roland* nous fait comprendre le milieu moral d'où est sorti le mouvement essentiellement français de la croisade ; on pourrait presque dire, pour prendre sa formule, que *la croisade n'aurait pas eu lieu sans la Chanson de Roland* [2]. Ce qui pour moi est évident,

1. « Et ce sont, ajoute M. M., les Francs qui, désormais puissants, ayant déjà un domaine royal assez étendu, bénéficieront de ces exploits. Les Grecs, les Turcs ne désignent ces troupes innombrables, venues de tous les côtés de l'Occident, que sous les noms (*l.* sous le nom) de Francs. » Mais on sait que le nom de Francs donné par les Grecs à tous les Occidentaux remonte non au temps des croisades, mais à celui de l'empire carolingien.

2. M. M. croit « même que la *Chanson de Roland* n'existerait pas *sous cette forme sans les auteurs latins* » (qui ont raconté la croisade). Rien n'est moins vraisemblable. « La présence de nombreux clercs, celle des évêques, au moment du combat de Roncevaux », qui viendrait de la guerre sainte, est imaginaire. Les clercs et les évêques n'apparaissent que plus tard, pour l'enterrement des morts et le baptême des Sarrasins. Quant à Turpin son rôle est évidemment traditionnel, et on voit en Occident, aux Xe et XIe siècles, plus d'un évêque belliqueux : rappelons seulement le rôle d'Odon de Bayeux à la bataille de Hastings. — On me permettra de passer sur des arguments tirés de la

c'est que si le dernier rédacteur de notre poème avait travaillé après la croisade, on en verrait quelque chose dans son œuvre, si profondément imbue de l'esprit de cette guerre : on y trouverait mentionnés les Agolans, les Açopars, les Bédouins, les Turcoples, tous ces ennemis que les poèmes sur les croisades rendirent si vite populaires; on y trouverait des mots empruntés aux musulmans comme *aride*, *soudan*, aux Grecs comme *timbre*; on y parlerait de Nique, de Rohais, d'Antioche; surtout on n'y représenterait pas Jérusalem comme aux mains des infidèles. Pour moi, à l'inverse exact de M. M., je persiste à dire que la *Chanson de Roland*, composée après la croisade, ne serait pas ce qu'elle est.

Malgré la conviction générale qu'ont imposée à M. Marignan ses lectures dans les historiens de la croisade, il aurait pu encore hésiter; « mais, dit-il (p. 154), certains vers vont me fournir des témoignages plus sûrs. Il me semble qu'ils ont passé inaperçus chez tous ceux qui ont étudié la chanson. » Examinons-les après lui.

Le poète dit (v. 2507) que Charles avait fait sceller dans le pommeau de son épée la pointe de la lance qui perça le côté du Christ, ce que M. M. rend ainsi : « Notre jongleur n'hésite pas un seul instant à placer dans le pommeau de l'épée de Charles, la sainte lance retrouvée en 1098 à Antioche ! » Et il ajoute : « Ce texte seul suffirait pour dater la chanson après 1098. » Il faut avouer que c'est un peu fort. M. M. sait lui-même, — quoique assez imparfaitement, semble-t-il [1], — qu'il existait plus d'une prétendue sainte lance avant qu'on ne s'avisât d'en déterrer une à Antioche, et il est clair au contraire que depuis cette invention, généralement acceptée comme vraie, on ne pouvait songer à placer la pointe de la sainte lance dans le pommeau de l'épée de Charlemagne; en sorte qu'encore ici on pourrait dire, renversant les paroles de notre auteur : « Ce texte seul suffirait pour dater la chanson *avant* 1098. »

Ce sont les croisades, d'après M. M. (p. 156), qui ont « mis en circulation » l'idée que les Sarrasins étaient païens et avaient des *simulacra*, idée qui se retrouve dans la chanson. Mais c'est visiblement le contraire qui est vrai, comme on l'a plus d'une fois expliqué. L'épopée carolingienne, célébrant des guerres à la fois contre les musulmans du sud et contre les païens du nord,

---

formation des armées en *eschieles*, de la mention de riche butin et de grandes villes, de la facilité des héros à pleurer, etc., qui ne se comprendraient pas avant les croisades. — Quant à l'argument tiré (p. 149-151) du dédain de la vérité historique, il échappe à toute réfutation : à ce poète tout rempli de l'impression des croisades « peu importe que Jérusalem soit délivrée au moment où il chante ». « Peu lui importe aussi que Guillaume le Conquérant ait vaincu les Saxons... Il sait que ce n'est pas Roland, que ce n'est pas Charlemagne qui a vaincu les Saxons, mais bien Guillaume, mais il parle, chante, je dirais même, il ment sans vergogne, sans nul souci de la vérité historique. » Faut-il rappeler que Charlemagne a bien vaincu les Saxons, et que jamais les Anglais vaincus par Guillaume ne sont appelés Saxons ?

1. Voy. les intéressantes études de M. de Mély.

les a confondus et a fait des Sarrasins des idolâtres, comme elle a fait des Saxons des Sarrasins. Et il faut qu'elle eût bien profondément ancré cette idée dans les esprits pour que même le contact des croisés avec les musulmans n'ait pu les en débarrasser, et qu'on la retrouve, non seulement dans les chansons de geste de la croisade (calquées en cela comme en bien d'autres choses sur les chansons de geste carolingiennes), mais chez les historiens de la première croisade, même les témoins oculaires comme l'auteur des *Gesta Francorum*[1].

M. M. relève ensuite, le mot *tabor*, comme nom, employé deux fois (v. 852 et 3137), d'un instrument à l'usage des Sarrasins. Il ajoute : « C'est là un témoignage irréfutable. Ce n'est qu'en 1098 que les chrétiens connurent le bruit du tambour, l'*horribilis sonus* de Guillaume de Tyr et les premiers historiens latins des croisades nous donnent des détails assez curieux sur la terreur que ce son grave et lourd prolongé jeta dans les âmes, mais surtout sur le désordre qu'il provoqua. Les chevaux épouvantés ne voulaient pas avancer, l'armée faillit connaître la déroute. » Ne croirait-on pas que les historiens latins parlent de « ce son grave et lourd prolongé » du tambour et disent qu'il était nouveau pour les croisés? Ils n'en font cependant rien : ils mettent le bruit des *tympana* sur la même ligne que le bruit des armes, des chevaux et des trompettes, le tout faisant ensemble un grand fracas, et ils ne disent pas du tout que le bruit des tambours, bruit qu'ils ne décrivent pas, leur fût nouveau[2]. Mais le *tabor* (c'est la seule forme de l'anc. fr. et du provençal) peut sembler introduit au temps des croisades. Ce n'est pas le cas. Le mot figure dans le *Pèlerinage de Charlemagne*, et, quelle qu'en soit l'origine

1. Le mot *mahumerie*, « mosquée », du v. 3662, est peut-être dans toute la *Chanson*, celui qui pourrait le plus faire croire à une date postérieure aux croisades. On ne le trouve pas en latin, que je sache, avant les historiens de la première croisade, et il semble se présenter alors comme un mot nouveau : c'est à propos de la mosquée située devant une porte d'Antioche que le mot apparaît dans les *Gesta Francorum* (*ad machumariam quae est ante portam urbis*, XVIII, 2) et les récits qui en dépendent (notez dans Robert le Moine : *ad fanum suum quod machomariam vocant*); dans les *Gesta Tancredi* on lit : *fanum quod vulgo mahummariam vocant* (dans Raimond d'Agulhe *bafumaria*). Mais rien ne prouve que le mot ait été inventé alors. Il n'est pas arabe, naturellement, et il répond à l'idée que Mahomet était une idole adorée dans un temple; il devait se trouver, naturellement, comme cette idée elle-même, dans l'épopée carolingienne d'où, l'ont pris les premiers croisés.

2. Les citations données par M. M. à l'appui de son texte sont trompeuses. Je pense qu'il s'est involontairement embrouillé dans ses notes (au reste, il est peu familier avec l'historiographie des croisades). Aucun historien ne parle de la terreur des chevaux à la bataille de Dorylée (qui est de 1097 et non de 1098), et le passage de Henri de Huntingdon (que M. M. cite une seconde fois d'après Matthieu Paris) parle de l'épouvante, à une autre occasion, des chevaux *des Sarrasins*. Quant à Orderic Vital (que M. M. appelle toujours *Oderic*), il mentionne simplement le *tympanum* comme un instrument usité par les musulmans pour le ralliement (à propos de la bataille d'Antioche du 22 juin 1098).

arabe [1], il est, selon toute probabilité, directement de provenance espagnole [2]. C'est d'Espagne qu'il aura passé en France, comme nom d'un instrument propre aux musulmans, et il se peut très bien qu'il remonte aux temps carolingiens.

Un autre mot de provenance arabe qui semble à M. M. ne pouvoir être antérieur aux croisades est celui d'*amiral*, que la *Chanson* emploie pour désigner soit le chef de tous les Sarrasins, soit un chef sarrasin en général. Mais l'emprunt de ces mots à l'arabe, sous des formes diverses (*ammiralus*, *ammireoda*, etc.), est bien antérieur à la croisade, et remonte aux luttes des Francs avec les Arabes, qui, commencées au VIIIe siècle, ne cessèrent pas depuis, soit en France, soit en Italie, soit en Espagne. Il faut au contraire noter, à l'appui de mon opinion, un autre nom de dignité arabe, nom que notre poème est seul à présenter, celui d'*algalife* [3]. Ce mot ne peut avoir été emprunté en Orient au temps de la croisade, car les historiens de la croisade (à commencer par les *Gesta Francorum*) ne le connaissent que sous la forme *calipha*, sans la préposition de l'article arabe [4], et attribuent expressément à la dignité de calife une valeur purement spirituelle : le *calipha*, disent les *Gesta*, est le pape (*apostolicus*) des mahométans. Or cela répond absolument à l'état de choses qui s'était établi depuis la fin du Xe siècle, quand les califes de Bagdad furent dépouillés du pouvoir temporel. Les chansons de geste de la croisade sont en cela d'accord avec les historiens : elles font aussi du calife [5] l'*apostoile*

---

1. Voyez les discussions auxquelles il a donné lieu de la part de Dozy et de M. L. de Eguilaz. Ces deux orientalistes se refusent à y reconnaître un mot arabe : le premier serait porté à lui attribuer une origine celtique (*i*), le second y voit simplement une altération du gréco-latin tympanum. Il est bien probable en effet que c'est à tympanum que le mot remonte en dernière analyse, mais il n'a pu prendre directement en roman la forme qu'il y présente : il a dû passer par un milieu persan ou arabe.

2. Je n'ose pas alléguer la présence du mot *tambor* dans une sorte de poésie que, d'après Lucas de Tuy (XIIIe siècle), aurait chantée un pêcheur sur le Guadalquivir, en 1002, le jour même où le célèbre *hadjib* Almanzor était vaincu par les Léonais à Calatanazor (*En Canatanazor perdiò Almanzor el tambor*); car il est possible que la bataille même de Calatanazor ne soit qu'une légende, en sorte que le vers en question n'a pas une date assurée (voy. Dozy, *Rech. sur l'Esp.*, 3e éd. p. 162 ss.). Mais le mot esp. *tambor alambor alamor* (port. *tambor alambor*) est certainement ancien et doit être de provenance moresque. Dozy (et après lui Eguilaz) dit que l'*alambor* usité chez les Berbères est d'importation européenne; mais je ne vois pas sur quoi il se fonde, puisque le nom existait (avec une variante graphique) chez « les Mauresques de Grenade ».

3. On sait que ce mot chez les remanieurs de la *Chanson*, qui le trouvaient le plus souvent au régime et soudé avec l'article, *lalgalife*, est devenu pour eux (au moins le plus souvent) un nom propre, *Lalgalife* (plus tard *Laugalie*). M. Stengel a eu tort d'accepter cette faute dans son édition, car, sans parler des traces fréquentes de la séparation des deux mots qui subsistent dans les remaniements ou traductions, la leçon *li algalifes* est assurée pour l'original au v. 1943.

4. Godefroy cite un exemple tout à fait isolé de *galife* dans un ms. du *Livre de la Terre Sainte*.

5. Dans la *Chans. d'Antioche* (t. II, p. 17) et dans *Jérusalem* (p. 223) *calife* est devenu un nom propre; mais on trouve *le calife* dans les *Enf. Godefroi* (p. 87), dans le poème

des Sarrasins. Au contraire dans notre poème l'*algalife*, — personnage dont évidemment on ne comprend plus le rôle et qui est une survivance de formes plus anciennes de la chanson [1], — est un prince et non un prêtre, et l'absence de toute désignation de pays après son nom montre qu'originairement c'était bien « *le* calife », le chef à la fois temporel et spirituel des musulmans, et sans doute le calife de Cordoue. Ce nom et cette conception remontent sûrement aux rapports anciens des Francs avec les Arabes d'où provient aussi le nom d'*amiralt* ou *amirail*. — Un autre nom de chef arabe, pour l'origine duquel M. M. a fait « sans résultat, de très longues recherches », est encore plus certainement d'origine espagnole, quoique plus récente ; c'est le nom d'*almaçor* : il provient évidemment du nom du fameux Almanzor, l'*hadjib* de Cordoue, qui devint célèbre dans toute la chrétienté (voy. Turpin) par son expédition de 997, où il ravagea la Galice et détruisit l'église de saint Jacques [2]. Rien dans tout cela ne décèle l'influence de la croisade [3].

D'après M. M. (p. 160) « la coutume d'enterrer les entrailles et le cœur des défunts, est due à l'influence des croisades. Ce n'est qu'à partir du XIIe siècle qu'elle s'établit. On la trouve mentionnée pour la première fois, soit dans les écrivains des croisades, soit dans O[r]deric Vital. » Il en serait de même de l'usage d'embaumer les corps, de les enfermer dans des peaux. Il y a là une question d'archéologie que je n'ai pas le loisir d'étudier, mais il est clair que ces usages devaient exister déjà, et que si on les mentionne à l'époque des croisades, c'est qu'on employa souvent alors ces procédés pour ramener en Occident le corps de grands personnages. Au reste il suffit de citer le passage de la Vie de Richard, abbé de Saint-Vanne près Verdun, mort en 1046, où il est dit que celui qui s'occupa de ses funérailles *viscera coriis insuta ibi reposuit* [4].

« L'influence de la croisade se fait encore jour dans le massacre de Cordres, on reconnaît les procédés des croisés, ces pillages épouvantables, ces massacres

---

cyclique publié par Reiffenberg (t. II, p. 14 et pass.) et ailleurs encore (mais non dans la *Naissance du Chevalier au cygne*, comme le dit le *Dict. général*).

1. Dans notre rédaction il est l'oncle de Marsile, mais semble se trouver chez Marsile comme hôte ; on nous apprend plus tard qu'il règne à Carthage sur des noirs.

2. La chute de l'*n* est remarquable, et peut être rapprochée de celle de l'*m* dans *tabor*. Il semble que ces mots aient passé par un dialecte (arabe ou roman ?) qui supprimait les nasales devant consonne. Le mot a été introduit dans les poèmes sur la croisade. Il est à noter que dans le *Godefroi* de Reiffenberg et dans les poèmes franco-italiens on trouve *aumansour* (ou formes analogues) et qu'on a de même en anc. it. *almansore* : est-ce une restauration de l'*n* ou une intercalation postérieure.

3. On n'a donné jusqu'ici, que je sache, aucune explication du mot *amurafle* (*amirafle* 850 paraît une faute amenée par *amiralt*), qui se retrouve, sous la forme *amuafle*, dans divers poèmes postérieurs, mais qui, chose notable, est inconnu aux chansons de gestes de la croisade. En revanche la *Chanson de Roland* (outre *soudan* déjà cité) ignore plusieurs noms analogues familiers à celles-ci, comme *amulaine*, *amustant*, *aufage*, etc.

4. Cité dans Schulz, *Das höfische Leben*, II, 465.

en masse, cette contrainte à se faire chrétien. Les témoignages abondent pour montrer que le jongleur a subi cette conception autrefois usitée mais en ce moment toute récente » (*sic*). Il est évident que les procédés brutaux des conquérants des villes arabes ont été les mêmes, sinon pires, en Espagne qu'en Orient. Il suffit de renvoyer au curieux tableau de la prise de Barbastro, en 1064, par les Normands, que Dozy a traduit d'après Ibn-Haiyan [1].

« Tous ces arguments, dit M. M., m'obligent donc à considérer la Chanson de Roland comme une œuvre du XIIe siècle (p. 164). » Mais cela ne lui suffit pas : il veut trouver une date plus précise. Sans cet incommode Conrad, il n'hésiterait pas à placer le poème vers 1140-1150 ; mais il lui faut y renoncer. Voyons donc si la chanson ne nous offre pas quelques points de repère [2]. M. M. en trouve plus d'un.

Le premier est dans l'emploi des *cadables* avec lesquels Charlemagne abat les murs de Cordres. « Ces grandes machines à lancer des pierres nous reportent déjà vers 1120-1125... L'emploi de ces mots, déjà acceptés dans la langue vulgaire, me prouve que la chanson ne peut dater des premières années du XIIe siècle. Il a fallu encore un laps de temps relativement assez long pour que les machines fussent connues et employées en Occident [3]. » Comme on voit les croisés employer dès le siège de Nique (1097) de puissantes machines, notamment pour lancer des pierres [4], il est évident qu'ils connaissaient déjà ces engins. Richer décrit d'ailleurs des machines de siège très compliquées en racontant les sièges de Laon et de Verdun à la fin du Xe siècle [5]. On ne peut douter que les armées de Charlemagne en aient possédé [6] : c'était un legs des Romains.

« Le mot *dromon* qui était un grand navire de guerre et que les historiens latins des croisades sont obligés d'expliquer, me ferait croire à une date qui ne peut être antérieure à l'extrême fin du premier tiers du XIIe siècle. » Le mot latin *dromo* est dans Cassiodore (avec son dérivé *dromonarius*), dans le Code de Justinien, dans Isidore, dans Ugutio, etc. ; il était donc d'un usage courant en Occident avant les croisades.

« N'avons-nous pas enfin une preuve moins vague ? » Elle se trouve, pour M. M., dans le cri de *Monjoie*. Son raisonnement porte sur trois points. D'abord le cri de guerre serait né de l'imitation des musulmans : « Les diffé-

---

1. *Recherches sur l'Esp.*, 3e éd. II, 335 ss.

2. J'omets une discussion sur l'usage de l'arbalète, absolument confuse, et que l'auteur conclut en avouant que « cette arme ne peut nous donner une date approximative ».

3. Ce qu'il y a de mieux, c'est que l'auteur avoue qu'il ne sait pas si ces machines sont d'invention franque, grecque ou arabe.

4. Voy. Jahns, *Handbuch einer Gesch. der Kriegswesens*, p. 630.

5. Jähns, *op. cit.*, p. 628-629.

6. L'origine du mot *cadable* (plus tard *chaable*), prov. *calabre*, est obscure ; le gr. καταβολή, proposé par Diez, ne parait avoir nulle part le sens de « renversement, destruction », qu'il lui attribue.

rents écrivains disent que les Musulmans poussaient de grands cris, que les Occidentaux ne comprenaient pas. Nul doute pour moi que cette habitude ne soit née en Orient. On voit que les Francs prirent bien vite cet usage. » Mais le cri de guerre des Allemands à la croisade, *Alleluia*, celui des Français *Dieus lo vuelt*, celui des Normands, *Deus aiue*, sont certainement antérieurs au départ pour l'Orient ; pour faire usage d'un cri destiné à rallier chacun des peuples divers, on n'avait nul besoin d'imiter les clameurs « diaboliques » que poussaient les Turcs avant d'engager le combat [1]. — En second lieu, parmi les cris de guerre relatés par les historiens des croisades, on ne trouve pas celui de *Monjoie*. Cela s'explique par le fait que les croisés, pour la guerre sainte, avaient adopté des cris spéciaux, ceux qui viennent d'être indiqués. — Enfin M. M. a trouvé dans Orderic Vidal le cri de *Monjoie* comme cri distinctif des Français en 1119. « Et, ce qui est digne de remarque, c'est que notre auteur ne le mentionne pas auparavant. Il enregistre ce cri de guerre, preuve qu'il était encore une nouveauté. » Cela ne ressort nullement du passage d'Orderic. Il s'agit de *satellites* qu'un certain Acelin a fait cacher près d'Andeli dans le dessein de trahir le roi d'Angleterre en introduisant les Français dans la ville ; les Français arrivant, le peuple se soulève contre eux en poussant des cris : *Latitantes vero subito proruperunt et* Regale [2], *signum Anglorum, cum plebe vociferantes, ad munitionem cucurrerunt* ; *sed ingressi* Meum Gaudium, *quod Francorum signum est, versa vice clamaverunt*. Ce passage prouve simplement qu'au commencement du XIIe siècle *Monjoie* était le cri des Français, mais ne prouve pas du tout qu'il fût « une nouveauté » pour le chroniqueur qu'une occasion particulière amène à le mentionner. « Il l'était, continue M. M., pour l'auteur du *Roland* dont on n'a pas assez pesé les mots. Aux vers 3093-5, on lit, en effet :

> Gefreiz d'Anjou lor portet l'orie flambe ;
> Saint Pierre fut, si aveit nom Romaine,
> *Mais de Monjoie iluec out pris eschange.*

Il est bien évident que ceci se rapporte non au temps de Charlemagne, sur lequel le poète ne savait rien de tel, mais à son propre temps, or c'est vers 1120 qu'est employé pour la première fois dans O[r]deric Vital, le fameux cri et on peut faire coïncider les deux constatations. » L'une vaut l'autre. Le poète du *Roland* connaît évidemment *Monjoie* comme étant à la fois le nom

---

1. Il faut aussi rappeler le cri d'*outree*, qui était proprement le cri de marche des pèlerins (déjà dans le *Pèlerinage de Charlemagne*), mais qui devint un cri de guerre. Voy. *Romania*, IX, 44.

2. *Real* ou *Reaus*, comme cri de guerre des vassaux du roi d'Angleterre se retrouve dans Wace, *Geste as N.*, III, 9583, et dans Garnier de Pont-Sainte-Maxence (v. 5553) ; Lambert le Tort le fait même pousser aux Macédoniens (*Alexandre*, édit. Michelant, p. 65, v. 28 ; voy. Mussafia, *Jahrbuch*, II, 120, qui montre que ce cri avait passé des Normands aux Provençaux, aux Castillans et aux Portugais).

de l'oriflamme, bannière royale, et le cri de guerre des Français ; il en donne une explication historique, d'ailleurs peu vraisemblable [1], et ajoute :

> Baron franceis nel deivent oblider
> Enseigne en ont de *Monjoie* crider.

Il est clair qu'il se réfère à un usage parfaitement établi chez les « barons franceis » et dont il veut seulement leur faire connaître l'origine.

M. M. termine par de courtes remarques sur les *conoissances* des écus [2], sur les écus *de quartier* [3] et sur l'étendard [4] de l'amiral de Babylone, toutes choses qui « prouveraient déjà l'âge relativement récent de la chanson », et qui en réalité ne prouvent rien du tout.

J'ai voulu ne laisser sans réponse aucune des raisons apportées par M. M. à l'appui de sa thèse ; plusieurs sont intéressantes, et, comme ses observations sur la tenture de Bayeux, ont le mérite d'appeler l'attention sur des points qu'on n'avait pas regardés d'assez près. Aucune, à mon avis, ne porte, et il est bien frappant qu'une étude du poème faite aussi minutieusement, avec l'idée constante d'y trouver des indices d'une date postérieure à 1096, étude menée, — malgré les quelques points faibles que j'ai signalés, — non seulement avec passion, mais avec intelligence et érudition, n'ait abouti à rien trouver même d'inquiétant. J'en conclus avec satisfaction qu'on peut regarder en toute confiance la rédaction actuelle de notre poème national comme antérieure à la première croisade et comme exprimant essentiellement, — avec des traits qui remontent à une époque plus ancienne encore, — les idées et les sentiments du XIe siècle, où, sous la direction de ses rois, la France avait déjà pris d'elle-même une si pleine conscience et inspirait tant d'amour à ses fils.

G. P.

---

1. L'oriflamme, jadis bannière de saint Pierre (ceci est en un sens parfaitement historique) et appelée *Romaine*, aurait changé son nom en celui de *Monjoie* en l'honneur de l'épée Joyeuse, laquelle à son tour aurait été appelée ainsi par Charles à cause des belles reliques qu'enfermait son pommeau.

2. *Escuz ont genz de maintes conoissances* (v. 3090). Naturellement, bien avant l'usage des armoiries constantes et héréditaires, les chevaliers portaient sur leurs écus des figures qui pouvaient servir à les faire connaître, mais qui n'avaient rien de fixe.

3. Je ne vois pas en quoi cette qualification des écus importe à la datation.

4. M. M. fait une petite dissertation sur l'usage de l'étendard comme centre et point de ralliement dans la bataille, usage qui peut en effet avoir été emprunté aux Orientaux lors de la croisade ; mais il ne résulte pas de là que cet usage ne fût pas connu des musulmans d'Espagne ; quant au mot *estandart*, il est certainement antérieur à la croisade, puisque Foucher de Chartres dit : *tria vexilla pretiosissima, quae* standarz *nominamus* (*Hist. Occ.*, III, 451). Le mot, soit dit en passant, n'a rien à voir avec *estendre* ; il est toujours, dans les anciens exemples, écrit par *a* (c'est par erreur que le *Dict. gén.* imprime *estendart* dans sa citation de la *Chanson de Roland*) ; on a de même angl. *standard*, prov. *estandart*, esp. port. *estandarte* ; Gautier rattache avec raison le mot au thème germ. *stand*, comme le fait aussi Skeat, qui rapproche le néerl. *standaert*. — Quant à *draco* au sens de *vexillum*, on sait qu'il remonte à l'antiquité.

Post-Scriptum. — Je venais de terminer ce long article quand j'ai reçu le tirage à part d'une étude de M. Baist, extraite du volume offert à M. Förster, *Variationen über Roland 2074, 2156*, où l'auteur, entre beaucoup de remarques intéressantes et neuves (sur lesquelles je reviendrai ailleurs), donne aussi son opinion sur la date de la *Chanson*. Cette opinion est une surprise. Il semble d'abord appuyer ma manière de voir [1], et lui apporte même des confirmations précieuses (Botentrot devait attirer l'attention des pèlerins, parce qu'il se trouvait à la frontière des possessions byzantines et mahométanes; les mots *amiralt, almaçor, tabor*, sont empruntés à l'arabe avant la croisade; les institutions que dépeint la *Chanson* sont antérieures au XIe siècle; la *Chanson* ne connaît pas la façon de combattre des Turcs, avec l'arc et les flèches, qui frappa tant les croisés, etc.); mais tout à coup on lit (p. 8) : « Malgré tout cela, l'hypothèse [de G. Paris] ne peut se soutenir. » Et après quelques observations qui doivent développer cette proposition, l'auteur est si sûr de l'avoir démontrée qu'il reprend avec tranquillité (p. 12) : « Si nous ne pouvons pas placer notre Roland avant 1100, d'autre part l'absence de quelques souvenirs des croisades qui sont courants ailleurs nous permet de le rapprocher le plus possible de cette date, comme nous engagent à le faire l'état de la langue et le rapport du groupe Venetianus, qui dans son ensemble représente un manuscrit plus récent que l'Oxoniensis [2], avec celui-ci. » Au moins M. Baist ne descend-il pas jusqu'à 1125. Mais quelles sont donc les raisons qui rendent mon « hypothèse » insoutenable? L'auteur n'en allègue qu'une [3], et j'avoue qu'elle me

---

1. Il dit (p. 18) presque dans les mêmes termes que moi : « C'est l'épopée qui a fait de la France le centre et le foyer des croisades. »

2. M. B. n'admet donc pas, avec MM. Stengel et Förster, que M (ms. de Saint-Marc de Venise) appartienne à la même famille que O, et il le réunit, en un groupe plus récent, avec toutes les autres rédactions. Je dois dire que plus j'étudie l'édition si commode de M. Stengel, plus je suis porté à être de cet avis (en réservant les versions étrangères). Mais c'est un point qui ne devra être discuté à fond que quand M. Stengel nous aura donné son volume de commentaire.

3. Je ne saurais compter pour une raison le fait qu'Oliferne, qui d'ailleurs figure dans l'épisode de Baligant (où M. B. soutient qu'il n'y a pas un seul nom oriental), est employé par quelques poètes postérieurs pour désigner Alep : M. B. dit lui-même qu'il est possible que ces auteurs aient ainsi interprété (l. *umgedeutet* pour *angedeutet*) le nom qu'ils connaissaient par le *Roland*. Que le combat mené exclusivement avec la lance et l'épée soit « une apparition assez récente » me paraît une assertion fort contestable. Des noms orientaux connus par les croisades, il n'y aurait « réellement que les Agolanz qu'on puisse dire qui manquent, au sens de Paris », dans le *Roland*; « c'est bien peu, d'autant que les *Ermines* et les *Sulians* offrent une compensation très acceptable »; mais l'auteur a lui-même montré plus haut que les *Ermines* et les *Sulians* peuvent très bien être regardés comme indépendants de toute influence des croisades, et j'ai signalé ci-dessus plus d'un autre nom, connu par la croisade, qui devrait figurer dans notre poème s'il était postérieur. Qu'il faille lire au v. 3242 *Soltans* (toujours dans l'armée de Baligant et au milieu de peuples slaves et tartares) pour le *Solteras* d'O, et que ce nom représente « les Sultans pris comme nom de peuple », c'est ce qu'il est permis de révoquer en doute. — Je ne vois pas autre chose.

paraît extrêmement peu convaincante. Le mot *muserat* (v. 2074 et 2156), qui désigne certainement une arme de jet, est tiré par M. B. de l'ar. *mizrâk*, pl. *mazârîk*, « javelot », et je ne contredis pas à cette jolie étymologie. Mais autorise-t-elle la conclusion qu'en tire l'auteur ? « Il y a quelques mots arabes déjà dans le plus ancien latin médiéval, parmi lesquels *amiral* et *mesquin* sont les plus sûrs. Mais ce sont des emprunts occidentaux, non pas seulement français. *Almaçor* et *tabor*, dans le Roland lui-même, proviennent, le premier sûrement, le second probablement [1] d'Espagne. *Mezrâk* manque dans le domaine italo-byzantin comme en espagnol et en provençal, et ne s'explique que par la croisade. » C'est construire un bien grand édifice sur une pointe de *muserat*. Si *muserat* était dû aux croisades, ne se retrouverait-il pas, au contraire, dans le domaine italo-byzantin ? Ne se retrouverait-il pas surtout soit dans les historiens de la croisade, soit dans les textes latins et vulgaires de l'Orient latin, soit dans les chansons de geste de la croisade ? Or on l'y cherche vainement. M. B. a reconnu, avec sa pénétration coutumière, que le vers des *Chétifs* où il figure est calqué sur le vers du *Roland*, et on ne le revoit, en dehors de là, que dans un document français de 1477 [2]. N'est-il pas très naturel d'admettre que ce mot, comme *almaçor*, *tabor*, *algalife*, est un emprunt fait par les Francs aux Arabes dans le temps de leurs luttes en Espagne [3] ? Le fait qu'il est propre au français, loin de contredire cette hypothèse, me paraît de nature à la confirmer.

Je crois donc pouvoir conclure ce *post-scriptum* comme l'article lui-même, et dire que, jusqu'à ce jour, l'attribution de la *Chanson de Roland* à une date antérieure à 1096 [4] a victorieusement résisté à tous les assauts qu'on lui a livrés.

G. P.

---

1. En note : « Il s'explique comme un croisement de l'arabe *atabal* avec l'africain *atambor*, qui tous deux sont anciens en Espagne. » J'ai proposé ci-dessus une explication, qui me paraît plus simple, de la forme *tabor*.

2. Et peut-être dans le *miseracle* de *Loquifer*, cité par Michel comme de *Rainoart*, et, après lui, par Gautier et Godefroy.

3. Il y a des mots d'origine arabe qui ne sont pas dans le *Roland* et qu'on peut faire remonter à la même source : par exemple *alcube*, pr. *alcuba*, distinct d'*alcôve*, repris postérieurement à l'italien ou à l'espagnol.

4. Bien entendu je ne tiens pas à l'année précise de 1080, dont M. Marignan se demande la raison d'être : je l'ai choisie d'une part parce que la langue me paraît indiquer une date postérieure d'une quarantaine d'années à l'*Alexis*, d'une vingtaine d'années au *Pèlerinage*, antérieure d'une trentaine d'années au groupe *Lapidaire*-Philippe de Thaon-*Brendan*, d'autre part parce que j'ai cherché une époque moyenne entre la conquête de l'Angleterre et la croisade. Je n'aurais pas d'objection sérieuse à descendre jusque vers 1090.

www.ingramcontent.com/pod-product-compliance
Ingram Content Group UK Ltd.
Pitfield, Milton Keynes, MK11 3LW, UK
UKHW021041200726
13857UKWH00005B/1864